LES

NAUFRAGÉS DE LA VIE

———

4ᵉ SÉRIE IN-12.

LES

NAUFRAGÉS

DE LA VIE

PAR A. DRIOU.

LIMOGES

EUGÈNE ARDANT ET Cⁱᵉ, ÉDITEURS.

Eugène Ardaur et Cie

LES

NAUFRAGÉS DE LA VIE

———✦✦✦———

I

Vers le premier tiers de chaque jour, qu'il fût pur ou maussade, en été comme en hiver, il y a quelques années, on voyait, dans une villa gracieusement assise sur les bords de la Loire, une scène pastorale digne du pinceau de Greuze ou de celui de Teniers.

Une volée de pigeons s'abattait dans le rond-point d'un parterre, et, avec les pigeons, nombre d'oiseaux des bocages, linottes, pinsons, bouvreuils, mésanges, rouges-gorges, fauvettes et loriots. Alors une fillette et un garçonnet, dans leur toilette du matin, prenant des poignées

de grains dans un sac de toile pendu à
leur ceinture, les jetaient à profusion devant ce petit monde des airs. Oisillons
d'arriver à tire-d'ailes, car ils savaient,
les friands! quel splendide banquet de
céréales les attendait, et, zélés convives,
ils ne dédaignaient pas le festin.

C'était un véritable plaisir et une jouissance des plus douces de contempler ces
deux enfants, dont on devinait le cœur
d'or, faisant ainsi, sous l'œil de leur mère,
des largesses de victuailles aux volatiles
de la vallée de la Loire. Au caquetage de
ceux-ci, célébrant la générosité de leurs
jeunes bienfaiteurs, se mêlaient les cris de
joie et les rires éclatants de nos deux pa-
netiers. Aussi je doute que Joseph, l'in-
tendant du pharaon d'Egypte, dans toute
sa popularité biblique, ait été plus aimé
des riverains du Nil, alors qu'il leur ou-
vrait ses greniers d'abondance, quand sur-
vint la disette, que ces charmants enfants
de la Touraine ne l'étaient de leurs oiseaux,
petits et grands.

— Henri, vois donc comme ils sont heureux ! disait à son frère la voix fraîche de
la belle pourvoyeuse.

— Ce sont de bienheureux oiseaux ! répondit Hemri ; ils ont ici la table, la promenade et les ombrages pour leurs ébats...

Puis il ajoutait aussitôt :

— Regarde donc, Fernande, la majes-
tueuse prestance de ce gros pigeon pattu.
Ne se rengorge-t-il pas comme le suisse
de notre paroisse à la tête de la proces-
sion ?

— C'est que sans doute il est un person-
nage d'importance dans sa caste... disait
la fillette. Quand il déjeune, c'est à coups
de bec qu'il écarte ceux qui osent l'approcher.

— Et cet oiseau dont le bec rouge semble du corail, continuait Henri, a-t-il l'œil
vif et frétillant !

— Comme il fait la loi aux mésanges et
aux fauvettes ! le gaillard...

— Et cette tourterelle, s'en donne-t-elle
à roucouler ?

— Sans perdre un grain d'orge encore !

— Par exemple, voilà un pinson qui a l'air bon vivant !

— Et cette pierrette... sentimentale, fait-elle la coquette !

— Petite mijaurée !

— Ne dirait-on pas qu'elle a peur de déformer son bec ?

Pendant ce dialogue, les poignées de grains lancées avec générosité crépitaient sur la tête et les ailes des oiseaux, qui se pressaient en faisant le gros dos, grommelant, piaillant, roucoulant, pépitant et disant merci à qui mieux mieux, chacun à sa façon. Enfin, les provisions épuisées, ces bandes repues, tout en chantant, s'éparpillèrent, qui sur les branches des lilas, qui sur les marronniers, qui sur le toit de la maison. Il y en eut même quelques-uns, mésanges et fauvettes, qui, plus familiers et favorisés par des caresses exceptionnelles, vinrent se hucher jusque sur l'épaule de Fernande, pendant qu'une tourterelle ne craignit pas d'accepter pour perchoir le bras que lui tendit Henri. Les autres s'envolèrent peu à peu et disparurent dans les bocages.

Les deux enfants, à leur tour, sur un signe de leur mère, rentrèrent dans la villa.

II

Veuve à vingt-huit ans, et mère de deux enfants, madame de Rochebrune, née Régina d'Orfeuille, a bravement accepté la mission que le ciel lui a confiée d'élever les deux petits êtres qu'elle chérit de toute son âme.

Fernande, sa fille, compte à peine huit ans. Elle est blonde, belle et pure comme un chérubin. Tous les instincts charmants de la nature féminine sont réunis dans sa personne. Elle sourit aux bonnes impressions de sa mère, comme une fleur printanière sourit au soleil.

Henri, son fils, est âgé de dix ans. Brun de cheveux, rose de visage, bleu par les yeux, de taille élégante déjà, cet enfant,

naïf et doux, caractère dévoué, mais rê-
veur et réfléchi, ne sachant rien encore
des choses du monde, remarque cependant qu'il y a des riches et des pauvres,
devine qu'il touche de près, lui, à cette
dernière classe, et comprend qu'il est l'a-
venir de sa famille. Aussi sa mère et sa
sœur composent pour lui l'univers entier;
il ne voit rien au-delà.

C'est à Amboise, dans la Touraine, un
peu à l'écart de la ville, mais en face des
plus riants tableaux de la riche nature de
cette belle contrée, sur les bords de la
Loire, que madame de Rochebrune, à la
mort du père de ses enfants, a fixé son séjour. Façades blanches de deux étages avec
contrevents verts; treillages verts comme
les contrevents, garnis dans toute leur
hauteur de plantes grimpantes dont les
larges feuilles revêtent les teintes du plus
beau pourpre sous l'ardeur du soleil, tel
est le simple et pourtant délicieux cottage
qui devient son asile. La maison, très-
heureusement distribuée, est pourvue de

tout le confort qu'une femme de goût sait
assortir à sa demeure. Mais ce qui en fait
surtout le charme, c'est un délicieux jardin, d'un arpent peut-être, qui l'enserre
d'une pelouse du plus fin gazon, vaste
émeraude sertie dans l'or d'une belle allée
circulaire, dont le tracé disparaît ici et là
sous des massifs de daturas, de rhododen-
drons, d'arbres de Judée, de sophoras et
de splendides magnolias. Sillonne et em-
bellit ce modeste paradis terrestre un ruisselet qui descend d'une colline abritant le
cottage, tantôt sautillant sur des roches
en miniature, que surmonte un kiosque
décoré avec le goût d'un artiste et au pied
duquel s'ouvre un bassin pittoresque, où
les eaux en tombant en mignonnes casca-
telles s'irisent au soleil, et tantôt gazouil-
lent sur le lit de cailloux qui partage ca-
pricieusement la pelouse.

A madame de Rochebrune, femme de
sens, de raison, et qui ne sait que trop
déjà de combien de vicissitudes est semée
la vie, l'avenir de l'homme en général,

mais l'avenir de ses enfants en particulier
semble plus chargé de vapeurs sombres
que de lueurs dorées.

La fortune que lui a laissée son mari,
maltraitée par des entreprises hasardeu-
ses, se réduit à si peu!

Aussi veut-elle, pour Fernande, une
éducation qui fasse d'elle une femme simple dans ses goûts et habile en toutes choses. Pour Henri, elle tient à des principes
forts et à des études profondes qui lui
ouvrent l'entrée d'une carrière honorable
et lucrative.

Donc, en attendant le jour où elle se sé-
parera de ses enfants, quand son instruction propre ne suffira plus à les former,
elle les enveloppe l'un et l'autre de sa sur-
veillance maternelle la plus active, et use
de tous les moyens pour faire naître en
eux les meilleurs sentiments qu'une excellente nature y tient à l'état latent, comme
l'or se cache dans sa pépite.

Douleur et bonheur sont encore pour ces
enfants de vains mots qu'ils prononcent

comme fait un écho, sans les comprendre.
Mais elle, âme grande et sainte, qui a la
conscience de la valeur réelle de ces mots,
cherche à leur épargner la première, et à
leur ménager le second, par la façon dont
son cœur de femme, riche d'amour, leur
dévoile peu à peu les choses de notre vallée de larmes.

A remplir ainsi son devoir de mère, Régina trouve mieux qu'un adoucissement
à sa peine; elle rencontre un charme
exquis. Se mettant dès lors généreusement
à l'œuvre, elle règle tout d'abord l'emploi
du temps. Bien persuadée ensuite que les
enfants peuvent apprendre, même et surtout en jouant, les éléments des sciences
qu'ils doivent posséder, à Fernando et à
Henri elle présente le travail sous l'aspect
du plaisir, et Fernando et Henri s'y laissent
prendre d'autant plus volontiers que tout
travail est fait sous les yeux de leur mère,
et que, cette mère tendre et si douce, ils
la chérissent l'un et l'autre de toutes
leurs facultés.

Jamais placidité plus suave n'égala celle de cette mère aimée! jamais calme plus heureux ne monta au niveau de celui de ces enfants chéris!

Aussi la petite lignée grandit à vue d'œil, et, semblable aux plantes, elle annonce une floraison prochaine et abondante.

Habituée jusqu'alors au séjour de Paris, après qu'un premier hiver, pluvieux et froid, l'eut tenue renfermée dans le cottage, comme dans une serre chaude, et qu'elle vit, au souffle des zéphyrs, tout renaître dans la nature, tout s'animer et fleurir, quelle ne fut pas la joie de la petite famille.

Bientôt, tout le temps qu'elle ne donnait pas à ses études enfantines, elle le passait au grand air, dans le jardin. Régina de Rochebrune, côte à côte avec ses enfants, leur montrait le ciel éclaircissant peu à peu son voile de brouillards, et, aussitôt qu'un rayon de soleil glissait par quelque gerçure de nuages déchirés

par une brise, laissant voir l'azur du firmament, elle leur disait que ce rayon de
soleil était le regard de Dieu qui se fixait
sur la terre, et que ce regard divin allait
faire fleurir le monde...

III

En effet, le printemps arrivait petit à
petit, et à l'entour du cottage tout reprenait un air de fête.

D'abord le ruisselet, que le froid de
l'hiver avait métamorphosé en une cascade
de stalactites de cristal encore tout grelot-
tant, reprenait timidement ses cabrioles
babillardes et sa promenade à travers les
plates-bandes. Puis le jardin s'épanouis-
sait à son tour. Les églantiers se couvraient de feuilles et se chargeaient de
boutons; les lilas commençaient à montrer leurs grappes de pourpre; les aca-
cias secouaient au vent leurs panaches
odorants; les chèvre-feuilles mariaient
aux branches leurs arcades de guirlandes;
les grenadiers s'étoilaient en boucles de

corail ; les arbres de Judée laissaient poin-
dre les aigrettes roses de leurs tiges ; les
charmilles prenaient des teintes d'émeraudes ; les hauts marronniers, aux larges
feuilles de bronze, dressaient par milliers
leurs élégants plumets indiens ; enfin, l'allée circulaire et ses petites clairières se
couvraient de la blanche neige des clématites, des jasmins et de l'aubépine. En un
mot, dans cet étroit domaine, comme au-
dehors, tout était grâce, efflorescence,
fraîcheur et parfum. Il n'était pas jusqu'au
cottage qui, par ses fleurs grimpantes, ne
reprît un air de vie, de jeunesse et de
joie.

De quels ramages s'animaient tous ces
massifs de verdure ! que de mélodies dans
ces retraites charmantes où chaque arbre
avait son nid et chaque nid sa couvée ! Le
merle siffleur répondait aux roucoulements
des ramiers ; la mésange essayait de rivaliser avec le rossignol ; le pic-vert sautil-
lait de branche en branche, railleur et ca-
quetant. Ici, le loriot perché solitairement

au sommet aes sycomores, y chantait sa
singulière cantilène; là, semillante et ba-
varde, la grive poursuivait le bouvreuil
pour piquer à sa place, d'un bec avide,
les baies des rosiers dont elle secouait les
fleurs.

Alors, pendant que le *renouveau* transfor-
mait ainsi les riantes collines qui servent
de ceinture à la ville et au château qu'ha-
bitèrent tour à tour Charles-le-Chauve,
Louis XI, Catherine de Médicis et Char-
les VIII, et de ces riantes collines et du
château descendait dans l'immense vallée
de la Loire, qui leur sert d'écrin, Régina
de Rochebrune expliquait à ses enfants
que la lumière est la puissance du monde;
elle leur montrait comme quoi les fleurs,
épanouies et radieuses, nous rendent en
éclat, en parfums, en vertus bienfaisantes,
les influences reçues de tous les points du
ciel. Plus il y a de lumière, plus il y a de
vie dans l'univers. Elle livre à toute leur
fougue les fleurs, le feuillage, la verdure
et les légions ailées de l'air. Aussi cette

exubérance, ce réveil, cette joie de la nature se communiquent à l'homme, qui
semble renaître comme elle.

De cette façon, vous le comprenez, aucune étude n'était présentée à Henri et à
Fernande sous la figure âpre et sévère du
travail. Leur cottage, ses albums et sa bibliothèque, son jardin et ses plantes, ses
papillons et ses oiseaux, c'était là pour
eux tout un paradis terrestre.

Pouvait-il en être autrement?

Leur bien-aimée mère soignait de ses
mains tout ce qui constituait le petit domaine. De temps à autre, les amies de
Paris enrichissaient la bibliothèque en en-
voyant au cottage les meilleurs livres de
sciences et de découvertes. De ses beaux
doigts effilés, Régina chargeait les albums
de nouveaux dessins explicatifs, en harmonie avec ses leçons. Quant aux parterres, elle y groupait les plus jolies plantes
qu'elle pouvait trouver : touffes de lis,
buissons de roses, corbeilles de scabieu-
ses, de myosotis, de tubéreuses, de pétu-

nias, de tulipes, de renoncules ; et puis des
bordures de cyclamens et de narcisses,
de jacinthes et de pieds d'alouettes ; et des
massifs de balsamines, de renoncules, de
reines-marguerites, etc. C'était à ravir
l'intelligence d'une part ; de l'autre, c'é-
tait à charmer les yeux et l'odorat.

Fernande, légère et court-vêtue, comme
la Perrette du *Pot au lait*, ses cheveux
blonds flottant au vent et les joues velou-
tées, semblait une fleur de plus au milieu
des plates-bandes. Elle allait, elle venait,
elle sautait, elle bondissait, comme un
faon, d'une fleur à l'autre, des roses-tré-
mières aux perce-neige, des œillets aux
camélias, redressant cette tige, arrondis-
sant cette palme, baisant cette verveine,
caressant cet héliotrope, tressant une couronne avec des violettes, pour la déposer
en riant de bonheur sur le front de sa
mère.

Henri, l'arrosoir à la main, le panama
sur la tête, la petite blouse bien serrée aux
reins, courait au bassin chercher l'eau

précieuse qui allait rafraîchir les dalhias trop altérés, faire monter les phlox en pyramides purpurines et rendre la vigueur à l'hortensia incliné sur son pied desséché.

Assise sous un berceau de clématites dont la brûlante odeur l'enivrait, madame de Rochebrune les regardait faire, et un fluide d'amour s'échappait de son œil noir pour suivre ses enfants sous les bosquets, où leurs frais visages, enluminés par la plus chaste jouissance, s'estompaient dans l'ombre.

Mais les parterres et les bocages n'étaient pas le seul monde de cette modeste et belle famille.

Il y avait bien pour elle un autre peuple que celui des glaïeuls et des syringats, à aimer, à étudier, à soigner, à rendre heureux. Roi et reine de leur petit univers, Henri et Fernande ne découvraient pas, sans s'appeler aussitôt et sans convier Régina aux naïves surprises de leurs admirables découvertes, les merveil-

leux insectes qui fourmillaient sous le gazon, serpentaient sur l'allée d'or pour y
mieux faire remarquer leurs riches corsa-
ges, leurs ailes diaprées, les pierres précieuses qui décoraient leurs robes d'azur,
leurs manteaux mordorés, et parfois aussi
s'engouffraient dans le calice des fleurs.
Ces cirons microscopiques promenant leur
pourpre cramoisie sur les corolles imma-
culées du lis et que l'on nomme des cra-
bons; ces émeraudes vivantes qui montent constamment et descendent de même
le long des tiges des plantes, leur mât de
cocagne, et que l'on appelle des coccinel-
les; ces charmantes libellules, véritables
fleurs aériennes qui voltigent autour des
eaux; les atalantes aux robes de velours
et les apollons au corselet d'or qui peuplent
nos jardins, le matin; les phalènes, les
sphinx, qui pleuvent, le soir, dans les
campagnes; les mille caprices animés
d'un sol béni, lucioles, argus bleus, fau-
nes verts, faisaient tour à tour leurs déli-
ces et leurs amours. Il n'était pas jusqu'au

grillon du foyer qu'ils n'aimassent et ne prissent sous leur protection.

On raconte que notre Jeanne d'Arc s'était faite l'amie des passereaux, qui venaient se poser sur son épaule et se glissaient à la suite de grains d'orge ou de millet jusque dans le corsage de la belle vierge de Domremy. Ainsi faisaient les oiseaux du jardin avec Henri et Fernande, comme vous savez. De cette bonté généreuse et compatissante, il était advenu que les bosquets du cottage s'étaient convertis en une immense volière, dont les habitant chantaient leurs plus doux airs dès qu'ils apercevaient nos enfants, et qu'ils les suivaient, comme des poules et leurs poussins suivent une fermière, voletant autour d'eux et se familiarisant jusqu'à nicher sur leurs épaules.

Ainsi la vie de Fernande et d'Henri se passait entre les oiseaux et les insectes, bijoux du ciel, et les fleurs, véritables mosaïques de la terre. Mais de ces trois trésors de la nature, celui que préféraient ces aimables enfants, c'était encore les fleurs.

En effet, le papillon glissait entre leurs doigts, dont ils n'osaient le presser, de crainte de détruire sa beauté. Voulaient-ils surprendre quelque oiseau des rives de la Loire, un pic-vert par exemple, ou un martin-pêcheur égaré dans un massif? l'oiseau s'envolait bien vite et allait chercher un gîte ailleurs. Tandis que les fleurs, oh! les fleurs! les fleurs se laissaient prendre, baiser, caresser, aimer, cueillir même!... Ils leur prêtaient une existence cachée sous une apparente insensibilité. Cela devint même chez eux une conviction profonde. Oui, selon les jeunes fantaisies de leur naïve imagination, ces fleurs étaient des êtres doués de pensée, de tendresse, d'affection, de sentiment : elles étaient joyeuses ou tristes, bien portantes ou malades. Avec les unes, celles qui étaient fraîches, nos deux enfant riaient, jouaient, causaient, s'égayaient. Avec les autres, celles dont les pétales leur semblaient se flétrir, ils se faisaient leur médecin, leur consolateur.

Un matin, descendus au jardin plus tôt qu'à l'ordinaire, ils virent leurs plates-bandes couvertes de rosée. Aussitôt Henri et Fernande de gémir, en disant, éplorés, que leurs fleurs avaient du chagrin et qu'elles avaient pleuré. Aussi, une fois, Régina les surprit arrosant d'eau sucrée une branche de jasmin que le soleil avait desséchée.

Leur mère profita bien vite de cette circonstance puérile pour leur expliquer ce que c'est que la vie, et ce que c'est que... la mort!...

Déjà l'excellente femme leur avait montré le regard du soleil animant et fécondant la nature; elle leur fit remarquer ensuite que les fleurs qui s'ouvraient le matin, se refermaient le soir; que les papillons qui accouraient aux heures chaudes du jour, allaient se cacher quand tombait la fraîcheur du soir; enfin que les oiseaux qui s'éveillaient avant l'aube, s'en-

dormaient avec le crépuscule. Seul, le
rossignol veillait, se balançant aux pam-
pres des collines, et chantait dans les val-
lées son hymne nocturne, en faisant chan-
ter avec lui les échos mélodieux. Bref, elle
concluait que ces gazouillements du matin et du soir, ces essors des fleurs volan-
tes que l'on nomme papillons, ces douces
senteurs des étoiles de la terre que l'on
appelle fleurs, n'étaient autre chose que la
prière sainte de la création entière, louant
le Seigneur, et lui adressant le cri de leur
amour.

Que de choses j'aurais à vous dire encore sur les extases dans lesquelles les
plongeaient la présence des étoiles, de la
lune, des comètes, des sphères célestes,
opales, rubis, diamants et perles, trésors
incomparables qui, chaque soir, attirant
leurs regards, excitaient l'admiration de
nos jeunes savants.

Je raconterai seulement que, fécondées
ainsi sous l'inspiration de Régina, par les
leçons qu'elle leur donnait et par des

aspects journaliers de riche et belle nature, les âmes d'Henri et de Fernande s'ou-
vrirent rapidement à l'intelligence du
beau, du bien et du vrai. Les horizons de
la vie, écartés par les mains maternelles,
se déployèrent peu à peu à leurs regards.
Ils comprirent Dieu et le monde, l'homme
et son histoire, la terre et ses calamités.

Leurs progrès en toutes choses furent
si rapides que vint bientôt, trop vite, hélas! pour le cœur de la mère et pour celui
des enfants, l'heure, l'heure fatale de la
séparation...

IV

Ce fut à la fin de juillet que madame de
Rochebrune résolut d'annoncer cette triste
nouvelle aux êtres bien-aimés qu'elle sa-
vait à l'avance devoir affliger cruellement, en même temps qu'elle-même res-
sentirait dans sa poitrine toutes les douleurs du glaive à sept lames.

Elle attendit le soir, le soir d'une journée lourde et pénible. Un soleil de plomb

avait posé ce jour-là sur la campagne péni-
blement assoupie. Une grande lassitude,
une vague terreur, un sombre décourage-
ment dans les peines de la vie avaient fait
sentir leur poids à toute la nature. On crai-
gnait une tempête. Les voisins inquiets,
rassemblés sur le pas de leurs portes, ou
causant d'une fenêtre à l'autre, s'étaient
montré souvent de grands nuages cuivrés
qui passaient rapidement au-dessus de la
longue vallée de la Loire, comme d'im-
menses vagues, et allaient au loin vers le
sud se confondre dans une vaste mer
teinte de sang par les derniers rayons du
soleil. Jamais le ciel n'avait montré pa-
reille couleur; jamais l'astre du jour n'a-
vait quitté la terre en lui faisant d'aussi
tristes adieux. Cependant l'orage attendu,
redouté, n'éclata pas.

Mais, dans le cottage, toujours si calme
et si joyeux, il y eut une scène déchiran-
te, et ce fut là qu'une terrible tourmente
éprouva cruellement les hôtes qui l'occu-
paient.

C'était dans le kiosque du jardin que se trouvait la petite famille. Après maintes circonlocutions timides, obscures d'abord, puis assez nettes pourtant, afin d'éveiller l'attention de ses enfants, madame de Rochebrune articula enfin la phrase qui allait porter le ravage dans ces jeunes existences, telle que le vent d'Afrique, le simoun, qui brûle, qui dessèche et qui renverse tout sur son passage.

— A présent, mes amours, encore le beau mois de septembre à passer ici, cœur à cœur, dans notre cher cottage, et puis...

— Et puis?... Où irons-nous donc, tous ensemble? demanda l'impétueux Henri...

— Eh bien! alors, toi, mon Henri, tu seras conduit, par moi, au... collége de Pont-Levoy, dans... notre belle province de Touraine...

— Oh! mère, Henri ne... demeurera plus avec nous?... s'écria Fernande toute tremblante...

— Et toi, ma Fernande je te confierai...

à l'institution de madame Darcelle, à
Tours, tout près d'Amboise... continua la
pauvre mère haletante.

— Comment donc?... Mais... nous se
rons donc séparés l'un de l'autre, tous les
trois?... fit la belle jeune fille en poussant
un sanglot de désespoir.

— Au contraire, reprit vaillamment la
bonne mère, nous serons à peine séparés...
par quelques lieues, sur une même ligne,
celle de la vallée, et nous formerons ainsi
une chaîne... dont je serai le premier an-
neau, Fernande le second, et Henri le
troisième...

Régina ne put en dire davantage; elle
était à bout de forces, et sa respiration op-
pressée lui fit défaut... Elle attendit
anxieuse, immobile, la poitrine sans air,
la réponse qu'elle supposait devoir jaillir
de la bouche de ses enfants.

Mais Fernande se tordait dans les convulsions du désespoir, d'un désespoir mor-
ne, silencieux.

Quant à Henri, immobile comme sa

mère, l'âme déchirée, il médita en apparence pendant quelques minutes, puis, sa
réflexion faite dans un silence solennel, il
articula lentement et d'une voix sombre
ces quelques mots :

— Mère, maintenant que, sœur et moi,
nous avons grandi en âge, en raison, je
n'ose pas dire en sagesse, il me semble
que tu pourrais nous faire connaître fran-
chement quels sont tes revenus et quelle
est notre fortune?...

Madame de Rochebrune frissonna...

Ce langage froid, compassé, tout de la
vie réelle, tout d'intérêt matériel, tandis
qu'elle attendait une violente explosion
d'amour filial menacé, en un mot cette
sèche parole d'inquisition, l'effrayèrent...
Elle pâlit et se sentit froid au cœur... quelque chose se brisa dans son être sous la
violence du choc... Puis le sang se prit à
marteler ses tempes, et une sorte de dés-
espérance la saisit...

Pourtant, elle répondit :

— Riches, très-riches même, il y a quel-

ques années, mon fils, la mort de ton père
nous a faits pauvres, très-pauvres. D'une
fortune de cinq cent mille francs qui nous
donnaient vingt-cinq mille francs de re-
venu, nous sommes descendus à une misérable économie de quatre-vingt mille
francs que j'ai sauvés à grand'peine, et
qui ne nous donnent plus qu'une rente de
quatre mille francs... Il faut dire que sur
un petit excédant, j'ai acheté ce cottage,
afin d'éviter les loyers et...

A ces mots, Henri se précipita aux genoux de sa mère.

— Noble martyre, fit-il dans son naïf
langage d'enfant, et de manière à rasséré-
ner bien vite l'âme endolorie de sa mère,
comme se dégourdit rapidement la terre
sous une brise chaude, je te croyais de l'or
plein les poches, à voir tout le bien-être
dont tu nous entoures, Fernande et moi...
Et voici que tu ne possèdes que de la monnaie de billon !... Comment donc se fait-il
que nous ne manquons jamais de rien?...
C'est donc que tu te prives toi-même pour

nous? Oh! je reconnais bien là notre mère
si dévouée! Hélas! tu nous demandes une
séparation... bien cruelle : tout-à-l'heure
elle eût été au-dessus de mes forces... Mais
tu es... pauvre, mère, et dès lors je veux
bien, oui, je veux m'éloigner en effet... Ce
sera pour un temps seulement, le temps
qu'il me faudra pour acquérir les talents
nécessaires... afin de te donner, à mon
tour, le bonheur! Je te l'apporterai... un
jour, va, bientôt même... ce bonheur! Oui,
je changerai ta monnaie de billon en bel
or, et quand je serai assuré de pouvoir
t'entourer de toutes les jouissances possibles, alors, avec sœur, je ne vivrai plus
qu'à tes pieds, où je veux mourir, car,
bonne mère, tu es ma vie, mon amour, ma
seule espérance de félicité, ma richesse,
notre trésor, n'est-ce pas, Fernande?...

Fernande, redevenue plus calme en entendant le langage si raisonnable et si
tendre que l'éducation maternelle inspi-
rait à un enfant de dix ans, déjà grave et
généreux penseur, Fernande, la main sur

les yeux encore, ne répondait pas, ne pouvait pas répondre, la pauvre fillette! Pleine d'affection pour sa mère, mais à sa façon et sans être douée de l'énergie de Henri, frappée au cœur depuis qu'elle voyait l'avenir, elle était évanouie...

Je renonce à vous peindre cette scène du cottage.

Cependant, rappelée à la vie sur le cœur de sa mère par un appel magnétique de l'âme de Régina, Fernande ne reprit connaissance que pour fondre en larmes de nouveau.

Ces pleurs lui firent du bien. Elle enlaça madame de Rochebrune dans ses bras, comme le lierre enserre le chêne, et, sans mot dire, elle parut ne plus vouloir s'en détacher jamais. Ce fut alors, de la part de ces enfants mûris déjà par le soleil de l'amour intelligent de leur mère, une succession de scènes de tendresse, de douleur, d'espérance, de courage. Puis à la résolution sage venait se joindre une série de nouveaux déchirements, dans lesquels

la pauvre femme se sentait quelquefois
plus faible que sa fille, mais sans rien laisser percer au-dehors des convulsions de
son cœur.

— Mais, mère, disait Fernande, puisque
j'en sais autant que toi, maintenant, qu'ai-
je besoin d'en apprendre davantage? Ton
savoir, à toi, honorée, respectée de tous,
citée souvent pour tes talents, ton savoir
ne me suffit-il pas, et que dois-je apprendre encore pour être plus heureuse que je
ne suis?...

— De nos jours, pour assurer l'avenir
d'une femme, mon petit ange, lui répondait Régina, et surtout pour acquérir des
ressources donnant les moyens de faire
face au malheur, au malheur souvent im-
prévu, qui toujours menace l'existence, il
faut des talents et des connaissances que
tu n'as pas... Ainsi je voudrais que par les
soins de madame Darcelle tu arrivasses à
prendre des diplômes de second degré
d'abord, et de premier ensuite... Qu'il
t'arrive un revers de fortune, comme tu

sais, comme tu sais qu'il m'en est arrivé à moi, contre toute attente, certes! eh bien! alors dans tes diplômes tu as immédiatement les moyens, par ton talent et ton éducation, d'ouvrir une maison et de donner des leçons qui, dans le naufrage, deviennent une véritable planche de salut...

Alors, Fernande, à demi convaincue, se rejetait sur le sein de sa mère, pour pleurer et sangloter.

— Croyez-vous que... je serai plus heureuse... que vous, moi... dans cette solitude, et sans vous, mes enfants?... s'écria tout-à-coup Régina, dans un suprême paroxysme de douleur...

En présence de ce cri d'angoisse difficilement contenu, Henri et Fernande, saisissant leur mère par la ceinture et par le cou, selon leur taille, lui dirent avec cet élan du cœur qui est toujours l'expression de la vérité :

— Nous partirons, mère bien-aimée, nous nous séparerons avec courage, car

nous avons l'espoir, la certitude de nous
retrouver plus tard ensemble. Oui, nous
sommes décidés maintenant... Et pour nous
consoler, nous nous écrirons souvent, et
nous nous aimerons toujours!...

V

Au mois d'octobre suivant, la séparation, dont personne ne parlait plus qu'avec
un doux sourire, cachant sans doute une
grosse peine, eut lieu en effet.

La veille du jour fixé pour la rentrée
des classes dans l'institution Darcelle comme au collége de Pont-Levoy, nos deux enfants allèrent ensemble, vers le soir, baiser toutes les fleurs, embrasser les arbus-
tes, dire adieu aux parterres et aux bosquets du cottage, puis ils répandirent des
grains dans toutes les allées et les sentiers
du petit domaine... C'était aussi leur adieu
à leurs oiseaux chéris que du reste ils con-
fiaient à leur mère, selon une convention
faite entre eux.

On aurait pu croire que fleurs et oi-

seaux, eux aussi, devinaient la séparation
qui allait se faire, car, pendant la soirée,
les fleurs baissèrent tristement leurs cali-
ces et leurs tiges s'inclinèrent, d'une part;
et de l'autre, pendant toute la nuit, au
doux clair de lune, qui rendait le cottage
blanc comme un suaire, il y eut un rossignol, chargé sans doute par ses frères
d'exprimer leur douleur, qui ne cessa de
faire redire aux échos de la vallée ses plus
suaves fioritures et ses hymnes les plus
mélancoliques. Pas une note ne fut per-
due pour les oreilles de Fernande et
d'Henri, qui virent dans ce fait un prodige,
car le rossignol ne chante jamais qu'au
printemps...

On dormit bien mal au cottage, cette
nuit-là !

Le lendemain, ce fut le cottage lui-même,
où ils laissaient leur cœur, qui eut aussi
sa large part de caresses et d'adieux...
Ses chambres, son salon, le sanctuaire de
madame de Rochebrune spécialement, où
on avait reçu tant de précieuses leçons, le

3

kiosque aux causeries si intimes, tous les lieux témoins de tant de bonheurs éva‑nouis, furent visités tour à tour, et... mouillés de larmes.

Enfin l'on partit!

Fernande fut laissée à Tours, et Henri fut conduit à Pont‑Levoy.

A l'heure suprême de la séparation, par une muette convention des âmes, on ne pleura pas... On se sourit même. Mais quel mensonge dans ce sourire!

Aussi, quand chacun de nos personna‑ges se retrouva seul, combien on se dé‑dommagea...

Seuls!... Seule à Amboise!... Seule à Tours!... Seul à Pont‑Levoy!...

Madame de Rochebrune revint enseve‑lir son deuil dans le cher cottage vide, vide comme une cage dont tous les oiseaux ont pris la volée... Ce fut en vain qu'elle y chercha ses enfants...

De leur côté, ceux‑ci, en se réveillant dans un dortoir où ne se montrait pas un seul visage connu, aimé, dans un lit qui n'était plus parfumé de lavandes, la douce senteur du linge de la famille, après une première nuit, comme par une même inspiration mystérieuse, rêvèrent tout le jour aux moyens à employer pour s'échapper de leur prison, et courir à pied... jusqu'à Amboise...

Mais, grâce à Dieu!... ils restèrent, l'un à Pont-Levoy, l'autre à Tours, et ils firent bien...

VI

Quinze jours après ce premier drame de .a vie de ses enfants, Régina recevait les lettres que voici :

« COLLÉGE DE PONT-LEVOY, jeudi, 20 octobre, 10 heures du matin.

» Mon petit corps est en prison à Pont-Levoy, ma chère maman, il ne peut plus te voir, ni voir ma Fernande! Mais mon âme, qui a des ailes, a volé tout-à-l'heure, pour la cent millième fois, jusqu'au cottage, et me rapporte la nouvelle que tu attends avec impatience une lettre de ton enfant. Voilà, bien lentement écoulés, les quinze premiers jours de notre séparation. Comme tu l'as désiré, j'ai passé ces quinze siècles avant de t'écrire... Mais, pour la couronne de Charlemagne, je ne patienterais pas une seconde de plus !...

» Je t'aimais bien au cottage, mère, mais je t'aimais sans le savoir, comme je respire, sans faire attention. Le pas que je fais dans la vie change ma manière d'être, et je sens aujourd'hui que je t'adore, comme on adore Dieu dont chaque mère est le bras, sur la terre. Oui, dans mon amour pour toi, il y a de ce respect, de cette effusion, de cette tendresse que nous inspire Dieu, si parfaitement bon qu'il nous a tout donné... Que n'es-tu là pour me voir te chérir à cette heure, comme je me dis que j'aurais dû t'aimer toujours ?... C'est que, par mon souvenir qui est toujours vers toi, par mes pensées qui s'occupent de toi sans fin, par ses sentiments qui sont tous à toi, je devine ce qu'est une mère... Une mère est un être dont la

vie se consacre à notre vie, dont le sang
est notre sang et notre cœur son cœur;
un être qui est heureux de souffrir en fa-
veur de ses enfants, et pour qui peines et
douleurs deviennent des joies et des plaisirs du moment qu'il les endure pour leur
avantage... Tout cela, que ne l'ai-je compris plus tôt! Mais je vais rattraper le
temps perdu, et t'aimer, t'aimer toute ma
vie, tant que mon cœur aura un battement, fût-il vieux comme Mathusalem...

» Est-ce qu'il y a des enfants qui n'aiment pas leurs mères, dis, maman?... Oh!
j'espère bien que non!

» Je me plairais au collége si je t'avais
près de moi, mère... Aussi, quand le chagrin me saisit, je me rappelle bien vite ce
que tu m'as souvent répété, à savoir que
ton souvenir doit être pour moi un encou-
ragement à bien faire.

» Nous nous levons, comme tu sais, à
six heures du matin. Après la prière, où
tu n'es pas oubliée, non plus que sœur,
puisque vous êtes tout pour moi. vient la

première étude. Afin de m'appliquer
mieux, je me figure sans cesse que tu as
l'œil sur moi. Et, en effet, un frôlement
imperceptible, un bruit léger comme celui
de deux lèvres qui m'effleurent le front,
quelque chose de vague, d'indéterminé,
me dit que ton âme voltige constamment
autour de mon pupitre. Alors je redouble
d'ardeur, de sorte que je n'ai pas encore
passé un jour sans avoir su mes leçons,
fait mes devoirs, recopié mes corrigés, et
même lu quelques pages, comme tu me
l'as tant recommandé, pour former mes
idées et mon style.

» A huit heures l'on déjeune. On n'a
qu'une soupe et un peu de pain. Cela ne
vaut pas le chocolat et les brioches du cottage, et je sens que la bonne Catherine
n'est plus ma cuisinière; mais quand je
songe, mère, que pour nous donner toutes
ces douceurs tu te privais toi-même!...
je me mets en colère contre moi d'avoir
été si longtemps égoïste et gourmand!...
c'est si laid d'être gourmand!...

» La classe a lieu à neuf heures. Elle est confiée à de très-bons maîtres. Sa durée est de deux heures. Nous y sommes en nombre, quarante, je crois. C'est peut-être beaucoup, mais notre professeur est si dévoué qu'il ne craint pas de répéter plusieurs fois la même explication, jusqu'à ce que tous l'aient comprise. Nous avançons rapidement dans les éléments du grec et du latin que, ici l'on fait marcher de pair. Je sais déjà que *regina,* ton nom chéri, mère bien-aimée, veut dire *reine,* ce que tu m'as toujours laissé ignorer, mais ce que mon cœur m'a dit depuis longtemps. Aussi ne décliné-je jamais *rosa, la rose,* moi, mais toujours *regina,* la *reine* de ma vie. Tu peux croire que je m'en tire à merveille. Quant au français, je suis, dit-on, le plus fort, ainsi qu'en histoire et en géographie. Cela ne m'étonne pas, et j'en suis fier, car c'est de toi que je tiens ces premières connaissances. Hier, on a composé en orthographe pour la première fois. J'ai invoqué Dieu et toi avant

de me mettre au travail, et, ce matin, par
l'indiscrétion d'un élève qui a vu les copies corrigées et classées chez notre professeur, on dit tout bas que je suis le premier. Si cela est, vois-tu, mère, je serai le
plus heureux enfant du globe, à cause du
bonheur que tu en ressentiras. En tout
cas, je me suis bien appliqué... à ton in-
tention.

» A la classe du matin succède une étude. Après quoi sonne le dîner, à midi. Le
repas est fort bon, et en vérité je ne com-
prends pas qu'il y ait des élèves qui s'en
plaignent. Comment sont-ils donc nourris
chez eux, ces importants seigneurs? A
midi et demi, récréation... c'est pour moi
le plus mauvais moment de la journée. Ne
me crois pas difficile en camarades, chère
maman. Mais, hélas! j'ai eu tant de délicieuses récréations avec toi, Fernande, nos
oiseaux, nos papillons et nos fleurs, que
je ne voudrais pas d'autres amis... jamais!
Je sais que, ici, cela ne peut être; en ou-
tre, je me rappelle combien de précautions

tu m'as recommandé de mettre dans le
choix des élèves avec lesquels je voudrais
faire amitié, je les observe donc : mais peu
de visages me sont sympathiques. Les
élèves sont généralement tapageurs ; plusieurs se montrent grossiers ; il y en a
beaucoup de trivials. De ces deux derniè-
res sortes je ne puis m'approcher. Le seul
camarade de mon âge dont la société me
ferait plaisir est un petit homme de ma
division, timide, modeste, sage, et en même temps des plus capables. On le nomme
Eliacin. Ce nom biblique m'a frappé. Eliacin est en harmonie avec son nom, du
reste : il se tient presque toujours à l'é-
cart, un livre à la main, dans l'endroit le
plus calme de la récréation. On le dit or-
phelin, ce qui explique, à mes yeux et à
mon cœur, la mélancolie de sa manière
d'être. Je n'ai pas osé l'aborder jusqu'à
présent ; mais je désire beaucoup faire sa
connaissance. Puisse son ramage ressem-
bler à son plumage !

» Étude à une heure et demie, et classe

à trois heures. A cinq, petite récréation,
puis autre étude jusqu'à sept. On soupe
alors. Une dernière récréation suit le repas, et enfin, après la prière du soir, on
se couche. C'est au lit, dans le silence et
la paix, que je suis le plus heureux, car
je pense à toi, mère, *mea Regina amata*, et
à notre petite Fernande. Pauvre Fernande ! comment se trouve-t-elle dans sa pension ? si tu savais de combien de pensées,
de projets, de désirs, mon oreiller devient
le confident, avant que je ne m'endor-
me ?...

» Voici l'avant-quart de midi, on va
sonner la fin de l'étude, je m'arrête. Dans
l'après-midi, aujourd'hui jeudi, promenade, musique en tête, à travers les plaines
de notre belle Touraine. Certes, mon âme
ne sonnera pas des fanfares, comme les
instruments. Je chercherai avec elle les
plus beaux nuages d'or emportés par la
brise d'automne du côté d'Amboise, pour
les charger de tous mes baisers et de toutes les caresses possibles pour toi. J'en

vois un dans ce moment, par la fenêtre de
notre salle ; il est couleur pourpre, comme
le char d'un ange, et il en a la forme. Il
vogue dans la direction de notre cottage.
Puisse-t-il être remarqué de toi et laisser
tomber à tes pieds toute une pluie de tendresses !...

» Adieu, mère chérie, mère bien-aimée,
joie de ma vie et de mon âme, adieu ! Que
ce mot : adieu ! ne t'effraie pas ! il recom-
mande au Seigneur ce que j'ai de plus
cher...

» Sois bien assurée que je me porte parfaitement. Je viens de causer avec toi
cœur à cœur et je m'en trouve tout ré-
joui... je cause bien souvent ainsi. N'as-tu
pas dans moi une voix avec qui je parle et
qui me répond ? C'est un écho de ton âme
que j'ai emporté et que je regarde comme
mon trésor et la source de la vaillance que
je veux montrer au travail.

» Aime-moi, mère, et dix mille baisers
du fils qui te chérit et ne vit qu'en toi et
pour toi... HENRI DE ROCHEBRUNE. »

— Cher enfant!... fit Régina, les yeux mouillés de larmes et solitairement assise dans le kiosque, afin de se mieux recueillir pour entendr parler la lettre d'Henri; cher enfant!... il aura mon âme et mon cœur!... cette poésie enfantine de ses idées charmantes me sourit... Le jeune homme qui est ainsi sous le prestige des beautés de la nature et qui revêt ses pensées de formes pittoresques, n'est jamais méchant ni ingrat... Il n'est pas même léger, car...

Notre jeune veuve en était au milieu de sa phrase quand un coup de sonnette se fit entendre à la grille du cottage... C'était le facteur qui, se présentant de nouveau, apportait une lettre timbrée de Tours.

— Chers cœurs, ils s'entendent comme s'ils n'en formaient qu'un!... murmura l'heureuse mère en recevant la lettre de sa fille des mains de sa femme de chambre.

Aussitôt elle l'ouvrit avec le même tremblement de toute sa personne qui déjà l'avait agitée lorsqu'elle rompit le cachet de la lettre de Pont-Levoy.

C'est une justice à rendre à cette excellente mère, que, dans sa tendresse maternelle, ses deux enfants avaient de son cœur une part bien égale de soins et d'amour.

Voici ce que lut madame de Rochebrune :

« INSTITUTION DARCELLE, à Tours, jeudi 20 octobre, 10 heures du matin.

— Juste la même date et la même heure que la date et l'heure de la lettre de mon Henri! fit Régina en interrompant tout d'abord sa lecture. La belle organisation de mes enfants est si apte à saisir, à sentir tout ce qui est bon, tout ce qui est beau!... J'ai remarqué souvent, bien souvent, ici, que la pensée, le désir, l'idée de Fernande, étaient simultanément, instinctivement, la pensée, le désir, l'idée de mon Henri, et réciproquement. Je ne sais quel magnétisme mystérieux, invariable, unit ces deux petits êtres. Séparés, ce

même fluide les rattache invisiblement,
et son courant magique les met en com-
munication l'un avec l'autre. Ils se devinent, ils se comprennent et ils agissent
ensemble semblablement. Du reste, il en
est de même de moi à eux, car tout-à-
l'heure, au premier coup de sonnette, je
m'étais dit : C'est la lettre de mon Henri!
et, au second, j'ai pensé : Voici maintenant
celle de ma Fernande! Ah! c'est que du
moment où les âmes sont confondues dans
un même amour, un lien sacré, malgré
toutes les distances elles subissent les
mêmes impressions...

Puis, après avoir poussé un profond
soupir, elle continua la lecture de la lettre :

« Mère, loin de toi, loin de mon frère,
je suis un corps sans âme, ou plutôt mon
âme isolée, désolée, en proie à mille déchirements, sent, oh! sent bien vivement
tout ce qui lui manque! Je me demande
cent fois par jour : comment peut-on vivre
loin de sa mère! Quoi donc, y a-t-il des

enfants qui, n'attachant pas de prix aux
tendresses et à la présence de leur mère,
s'en éloignent volontiers et le cœur froid ?
Si j'étais libre, avec quel empressement
je retournerais près de toi ! Mais c'est autant de dérobé à mon amour et à mes caresses que ces jours, ces mois, ces années
que je vais passer en exil, loin de toi ! C'est
horrible cette pensée-là ! La vie est si
courte, et il faut que j'en sacrifie encore
une partie à ne pas te voir, à ne pas t'entendre, à ne pas te chérir de près ?... Ah !
bonne mère, je t'aime, moi, et je ne suis
pas heureuse à Tours, pendant que tu es à
Amboise... On est à merveille, assurément,
sous tous les rapports même, chez madame Darcelle, je te le dis tout de suite pour
te rassurer; mais tu n'es pas avec moi,
Henri n'est pas là, où puis-je être bien sans
toi et sans mon Henri ? Ma mère, mon
Henri, mes oiseaux, mes papillons, mes
fleurs, mon cottage, où êtes-vous ?... Pour
vous revoir, par la pensée seulement, que
de voyages ne faisais-je pas chaque jour,

à toute heure! Mère, je t'aime comme je ne savais pas t'aimer! Est-ce donc la privation de l'objet de l'amour qui fait que l'on comprend mieux la tendresse, les soins dont on voudrait l'entourer! Pourquoi séparer ce que Dieu avait si bien uni? N'est-ce pas un crime? je me surprends quelquefois à désirer remplir les fonctions de camériste près de toi, maman, pour être avec toi, pour te voir, pour t'entendre, pour te parler... Hélas! il faut que je sois loin, mon avenir l'exige!... L'avenir! oh! je le paie de toutes mes douleurs du présent!...

» On dit que les Croisés, en partant pour la Terre-Sainte, s'écriaient :

» — Dieu le veult! Dieu le veult!

» Moi, pour rester à Tours, loin de toi, je suis obligée de me dire sans fin :

» — Mère le veut! mère le veut!

» Alors, je reste, je reprends courage, je travaille même au point de mériter des éloges de mes trop bonnes maîtresses. C'est que, en travaillant, je pense à toi, je

te vois et je t'aime! Et puis, quand je
sens venir la défaillance, j'ouvre bien
vite mon pupitre, et dans mon pupitre,
le beau coffret d'ébène que tu m'as donné.
C'est mon petit sanctuaire, à moi, ce
coffret. Dans ce sanctuaire j'ai dressé
un autel, et sur cet autel j'ai placé tout
ce que j'aime au monde : la boucle de tes
beaux cheveux que tu m'as donnée, mère,
et la boucle des cheveux de mon Henri!
A l'entour, j'ai semé les fleurs flétries et
desséchées prises à notre jardin, et là, en
face de ces reliques sacrées, je me retrem-
pe dans la résolution de tout faire, coûte
que coûte, pour te rendre heureuse et
fière, heureuse par moi et fière de moi!...»

— Cher amour! fit la bonne mère, émue
jusqu'aux larmes, comme cela prouve bien
ce que je disais tout-à-l'heure, que son
cœur et le cœur d'Henri ne font qu'un!...
Ce sont bien les mêmes pensées exprimées
sous une autre forme de langage...

Et madame de Rochebrune acheva la
lecture de la lettre, dont je ne vous dirai

pas la teneur, car elle ne vous apprendrait rien de nouveau à l'endroit de l'amour de Fernande pour sa mère. Elle se terminait ainsi :

« Adieu, mère, adieu! Je t'écrirais éternellement avec le même bonheur, pour te redire toujours la même chose, à savoir que tu es ma vie, ma belle fortune, *mon avenir!* mais je n'en veux pas d'autre... Un autre me fera-t-il te chérir et t'aimer d'avantage? Adieu donc, mon bon ange, adieu, mère, dont chaque battement de mon cœur dit le nom avec amour...

» Ta fille, FERNANDE DE ROCHEBRUNE. »

Maintenant, ami lecteur, n'attendez pas de moi que je vous ouvre la correspondance entière qui s'établit entre les deux enfants et leur mère, ni que je vous détaille les mille petites péripéties qui résultent de leur séjour au collège et dans l'institution. Ce serait n'en plus finir.

Je vais simplement vous faire part des faits principaux dont les lettres d'Henri et de Fernande entretiennent souvent

Régina de Rochebrune, la recluse d'Amboise.

VII

Au nord-ouest de la Touraine, à qui sa beauté charmante et sa fécondité singulière ont valu le gracieux surnom de Jardin de la France, la vallée du Cher se détache de la vallée de la Loire. Mais dans la vallée du Cher, comme dans celle de la Loire, la nature déploie la même grâce, la même mélancolie qui baigne l'horizon, infléchit les contours, adoucit les pentes et mêle au paysage une beauté de plus.

Le Cher, qui brise ses eaux tranquilles aux arches du manoir de Chenonceaux, aux chaumières de Bléré et aux ruines de Plessis-lez-Tours, parmi lesquelles erre encore le sinistre fantôme de Louis XI, ajoute une plainte éternelle à toutes ces harmonies de l'art et de la nature, et semble pleurer sur ces théâtres de tant de grandeurs déchues.

A mesure que d'Amboise on avance vers

Pont-Levoy, la vue s'élargit, de délicieuses perspectives s'ouvrent de tous les cô-
tés. Nombre de maisonnettes, enfouies
dans les feuillages, relevées de briques
rouges et blanches, moussues à faire croi
re qu'elles sont coiffées de velours, s'a·
vancent curieusement entre les branches
pour regarder passer le voyageur. Ici et
là, le terrain ondule mollement, de façon
à rompre la monotonie des lignes, et l'on
voit miroiter des eaux sous des rayons
obliques de lumière et s'écailler brusque-
ment, comme des paillettes d'argent, le
toit d'ardoise de quelque clocher. Puis des
bois serpentent sur de gracieuses collines,
et parfois de grandes trouées laissent pé-
nétrer le regard dans des prairies du vert
le plus délicieusement printanier que l'on
puisse rêver. Alors aussi, sur mille points
se découvrent quantité de sites, calmes et
reposés, où l'on aimerait à passer sa vie
et où l'on voudrait reposer dans la tombe.

Or, à travers cette belle vallée du Cher,
un jour, un jeudi du mois de juillet qui

avait précédé la séparation de la petite famille de Rochebrune, après une journée
chaude et brûlante, une musique militaire
assez bien composée faisait entendre une
marche brillante sur la route qui de Pont-
Levoy remonte vers Chenonceaux. Aussi,
tous les paysans, qui récoltaient alors leurs
moissons, sortaient-ils à mi-corps de leurs
blés mûrs tombant sous la faucille, ou mon-
taient-ils sur les chars déjà couverts de
gerbes dorées, pour entendre cette musique et voir défiler le régiment qu'elle
précédait. Mais ils reconnaissaient bien
vite que ce régiment n'était autre que les
bandes joyeuses des élèves de Pont-Levoy
qui, faisant leur promenade habituelle du
jeudi, s'avançaient dans la plaine, rele-
vant fièrement la tête devant les Tourangeaux. Le matin même avait eu lieu la
première grande composition pour les prix,
et nos jeunes étudiants allaient passer
l'après-midi sous les ombrages de Chenonceaux, et visiter, au moins les classes supérieures, les rares trésors de ce vieux

manoir : armures de tous les âges, pano-
plies modernes, lits de chêne sculpté, lour-
des draperies de brocart, tentures de cuir
doré, glaces de Venise, drageoirs, missels,
prie-Dieu, fauteuils écussonnés, vitraux,
crédences, boiseries, toutes merveilles
dont le propriétaire actuel a si bien décoré
cet antique séjour que, une fois la poterne
passée, on se croirait dans une habitation
royale du XVI° siècle.

Nos jeunes élèves avaient dépassé le
bois de Laleu et ils arrivaient à Chisseau,
lorsque subitement le soleil déroba sa lumière. Toutes les têtes de se porter vers
les cieux et de remarquer, seulement alors,
que petit à petit un orage s'était formé
et qu'il menaçait de nuire aux plaisirs de
la journée.

C'était précisément cet orage qui signala
la soirée pendant laquelle madame de Rochebrune annonçait à ses enfants, dans le
kiosque du cottage, que leur séparation
prochaine devait avoir lieu.

En effet, bientôt passa dans les airs une

brise chaude et sifflante, si étrange, si peu attendue, que, sans échanger une parole, nos collégiens de Pont-Levoy accueillirent de grand cœur l'idée des maîtres de rebrousser chemin.

Il y avait lieu de s'effrayer. L'air était redevenu calme, sec et éminemment électrique... mais les nuages étaient hauts et affectaient des formes fantastiques qui n'avaient rien de rassurant. Ces nuages n'étaient pas réunis en grandes masses, mais groupés çà et là de la manière la plus pittoresque, obstruant tout le midi et le couchant. Le firmament s'assombrissait; les éclairs qui le sillonnaient devenaient d'une fréquence et d'un éclat peu ordinaires. Il y en avait même qui offraient des nuances inaccoutumées, et beaucoup se dirigeaient vers la terre en lignes brisées plus ou moins obliques. Le bruit du tonnerre, qui bientôt se fit entendre, était singulier. Les brusques détonations se répétaient à des intervalles très-courts. On eût dit le roulement de l'artillerie.

Alors nos étudiants, très-surpris et peu rassurés, les villageois répandus en grand nombre dans les champs, les paysans même qui étaient restés au logis, entendirent tout-à-coup dans le ciel, non sans un grand étonnement, un fracas analogue à celui d'un chariot mal graissé, qui descendrait avec vitesse le long d'un chemin raboteux et couvert de cailloux. Puis le zénith resplendit de feux électriques éblouissants, la foudre tonna avec une violence inimaginable, et d'un nuage cuivré, tout rutilant de reflets semblables à ceux d'une immense fournaise, se détacha, ou plutôt parut se détacher un énorme météore, vrai globe de feu rougeâtre, bronzé à son centre, lumineux sur les bords, qui, dans sa marche rapide vers la terre, produisit ce bruit étrange de chariot grinçant sur des cailloux, et vint éclater sur e sol avec une explosion formidable, en écrasant dans sa chute une chaumière placée en vedette sur la lisière du bois de Laleu.

L'événement, le phénomène était assez
curieux pour que nos collégiens désiras-
sent s'approcher du lieu frappé par le météore. D'ailleurs, ce qui ajouta incontinent
une circonstance dramatique au fait qui
se produisait, fut l'incendie qui tout-à-coup
se déclara dans la chaumière. A raison de
l'obscurité blafarde qui couvrait la vallée,
on vit soudain jaillir des flammes du toit
de chaume, comme si vingt maisons brû-
laient.

Nos collégiens s'élancèrent aussitôt vers
la gerbe de feu qui s'élevait de la chaumière et que le vent, un vent furieux qui
commençait à souffler, faisait ondoyer
avec rage. En effet, le toit de la pauvre
maisonnette s'envolait par flocons de
paille enflammée, quand ils arrivèrent à
sa portée, haletants et couverts de sueur.
Les bonnes femmes du voisinage s'étaient
déjà réunies autour du foyer du sinistre et
s'épuisaient en clameurs, en doléances
inutiles, sans aider d'un geste : le peu
d'hommes qui se trouvaient là perdaient

la tête. Plus calmes, les élèves se mirent
incontinent à l'œuvre, au moins les plus
grands, qui fort heureusement étaient
nombreux. Ils reconnurent bientôt qu'ils
ne pouvaient sauver la chaumière. Mais
les maîtres, apprenant de l'infortunée
paysanne dont la demeure était incendiée,
et qui se tordait dans les convulsions du
désespoir, que sa vache, ses chèvres et
ses brebis allaient périr dans la bergerie
que les flammes entouraient, enfoncèrent
la muraille à l'arrière du bâtiment, encore
intact de ce côté, et trouvant immobiles
les pauvres animaux glacés par la terreur,
ils les arrachèrent un à un de l'étable, non-
obstant l'épaisse fumée qui les aveuglait,
et les enfermèrent dans un jardin voisin.

Aussitôt une voix s'écria avec un accent
de détresse inimaginable :

— Et votre enfant, le petit Pierre, qui
tout-à-l'heure dormait sur le foin, où est-il
donc, la mère Baré ?...

— Ah ! mon enfant, mon enfant, où est-
il ?... Pierre, Pierre, où es-tu ?... hurla

comme une louve la pauvre mère, épou-
vantée au souvenir de l'enfant qu'elle
croyait parmi la foule.

En même temps, la misérable femme,
ainsi menacée dans ce qu'elle avait de plus
cher, se prosternant à genoux, éplorée, le
visage sillonné de larmes, s'écriait :

— Maître Jacques, c'est vous qui avez
e premier pensé à mon enfant, merci !
mais sauvez-le ! Venez avec moi, aidez-
moi à l'arracher au feu... C'était votre
meilleur écolier, vous l'aimiez bien, voyez,
il va périr... Oh ! mon Dieu ! le pauvre petit être va être englouti par ces flammes...
Venez, maître Jacques, je vous bénirai
toute ma vie !...

A ce cri de suprême angoisse, et sans
attendre l'acte de dévoûment que sollici-
tait du maître d'école quelque peu hési-
tant la mère de l'enfant, deux des plus
grands collégiens se font renseigner par
maître Jacques, puis, sans délibérer, s'engagent dans la fournaise qui dévore la
grange attenante à la chaumière. Le ciel

bénit leurs efforts, car ils sont assez heureux pour trouver le petit paysan encore
endormi, et l'apportent en hâte à sa mère,
sain et sauf...

Je m'abstiens de vous peindre la scène
qui se passe, quand nos jeunes héros expo-
sent ainsi leur vie pour sauver celle de leur
semblable, et celle qui lui succède quand
ils rendent l'enfant à la lumière.

Mais alors le réveil étonné de ce petit
être, qui comprend à peine le danger au-
quel il échappe, la joie de la brave villa-
geoise, pour qui la perte de sa maison
n'est plus rien en regard du martyre de
son fils, et enfin la misère dans laquelle
ils devinent que va tomber cette famille
infortunée, car la mère Baré est veuve depuis peu, on le leur dit, inspirent soudain
l'âme généreuse de nos jeunes élèves. Ils
consultent les maîtres qui les accompa-
gnent et qui leur ont donné l'exemple du
courage, et, avec leur agrément, ils im-
provisent entre eux une collecte dont le
produit assez fort est aussitôt remis à l'in-

téressante Tourangelle. En même temps, ils lui annoncent qu'ils adoptent tous collectivement son cher petit Pierre, dont ils feront leur camarade, et qui, à la rentrée d'octobre, deviendra, comme eux, élève du collége de Pont-Levoy. En dernier lieu, ils s'engagent à lui faciliter dans l'avenir l'entrée d'une carrière en harmonie avec ses goûts...

Représentez-vous, amis, la joie de la mère et l'étonnement béat du petit Pierre !

Cependant le météore n'a fait qu'effleurer la chaumière qu'il a incendiée. Il a bondi à quelques mètres de là, sur le sol de la route, et y creusant un trou rond assez profond, il s'est enfoui de lui-même dans le sein de la terre.

Les curieux se sont empressés d'y courir. Dans la profondeur de quelques centimètres de l'excavation, on voit une masse de pierre noircie à sa surface, grise en-dedans, grenue, friable, parsemée de points brillants et de filets ferrugineux.

Sa chaleur est telle que l'on ne peut y appliquer la main.

L'un des maîtres explique aux élèves que ce météore n'est autre qu'un bolide, ce que le vulgaire appelle un aérolithe, une étoile filante, une pierre de la lune.

— Les bolides ou aérolithes, leur dit-il, que l'on a supposé d'abord lancés par les volcans de la lune, et que l'on est disposé aujourd'hui à regarder comme des fragments de petites planètes qui circulent dans l'espace et cèdent parfois à l'attraction de la terre quand elles entrent dans sa sphère d'activité, sont généralement arrondies et recouvertes d'une écorce noire, comme vous voyez là. Elles se composent de substances terreuses ou métalliques. Ainsi que vous l'avez vu tout-à-l'heure, la chute des aérolithes est ordinairement précédée de l'apparition de globes enflammés qui se meuvent avec une grande vitesse et finissent par éclater avec violence. Ces globes ne sont autre chose que l'aérolithe lui-même que la rapidité de sa chute enflamme. Ils arrivent ainsi brûlants à la surface de la terre, où ils s'éteignent, et dégagent presque toujours des vapeurs sulfureuses, qui ont été l'aliment du feu qu'ils ont dégagé...

Le désir de voir et de connaître satisfait ainsi par la leçon du maître, donnée en plein air, on remarque que le soir vient, et alors, heureux de cette après-midi passée dans une œuvre de noble charité, nos collégiens, bénis par la mère, bénis par la foule, bénis par le petit Pierre, leur futur commensal, retournent à Pont-Levoy.

— Nous avions jusqu'à présent la *Fille du Régiment*... disent les élèves de rhétorique, maintenant nous aurons le *Fils des Collégiens de Pont-Levoy !*...

C'est ce petit Pierre que notre Henri de Rochebrune trouve à Pont-Levoy, sous le nom d'Eliacin.

Ses *petits pères*, comme il appelle les élèves du collége, l'ont ainsi baptisé parce que, sage comme Joas, dont la Bible raconte la touchante histoire, et qui fut en-

levé, sous ce nom d'Eliacin, aux fureurs
d'Athalie, par le grand-prêtre Joad et sa
femme Josabeth, l'Eliacin de Pont-Levoy
en imite les vertus et la piété. Aussi c'est
une joie pure de voir comme les professeurs aiment cet Eliacin, et comme le chérissent ses camarades. Malheur à qui tou-
cherait au Fils des Collégiens ! Jamais un
mot, jamais un geste ne font comprendre
à l'aimable enfant qu'il est un paysan, ar-
raché à la misère par la générosité de ses
jeunes amis. Tous l'enrichissent de leurs
bourses, des dons qu'on leur adresse, et
cela avec une exquise délicatesse et une
prévenance heureuse.

Je vous laisse à penser combien grande
est la félicité d'Henri quand, après l'examen qu'il s'était proposé de faire de cet
élève, il l'aborde un jour. Ces deux natu-
res distinguées se comprennent bientôt
mutuellement, et Henri et Eliacin deviennent rapidement deux amis inséparables.

Alors on les voit l'un et l'autre rivaliser
de zèle pour le travail, l'application, la

douceur, la politesse, la piété, la bonne
conduite qui en est la conséquence, et les
succès qui en sont la suite. Aimés tous les
deux de leurs camarades, ils se font esti-
mer de leurs maîtres. Eliacin comprend
que, fils adoptif du collége, il ne peut porter haut la tête qu'autant qu'il se montrera
un élève modèle; et comme son intelligence est vive et prompte, le brave petit écolier de maître Jacques devient l'honneur
de Pont-Levoy et la gloire de ses jeunes
protecteurs.

VIII

Croira-t-on néanmoins que, parmi les
élèves, il en est quelques-uns, lâchement
envieux, bassement jaloux, qui prennent
en haine nos deux amis?

Leurs progrès les irritent; leurs triomphes les blessent; l'intérêt dont ils sont
l'objet leur déplaît; l'amitié qu'on leur
porte les choque, il n'est pas un mauvais
tour dont ils ne cherchent à les rendre
victimes.

Telle est l'humaine nature ! Le beau, le bien, le vrai ne sont pas sympathiques à tous les hommes, et il s'en trouve toujours qui, sourdement gangrenés par le vice, ont horreur de la vertu !

Dans Athènes, les lauriers de Miltiade empêchaient Thémistocle de dormir. Au collége de Pont-Levoy, les talents naissants et la sagesse d'Eliacin et d'Henri mettent en émoi l'ignorance et la turpitude de certains élèves abâtardis par la paresse et d'ignobles défauts.

Aux deux élèves si studieux et si soumis à la règle, ces misérables rivaux tantôt dérobent leurs copies, afin que le professeur ait enfin l'occasion de les trouver en faute; tantôt ils cachent leurs livres pour les mettre dans l'impossibilité d'apprendre leurs leçons. Y a-t-il une mauvaise action de commise? ils s'entendent secrètement pour en faire tomber l'accusation sur Henri et Eliacin.

Une nuit, la montre en or d'un élève est volée à son chevet... Le lendemain, on la

trouve au fond de la malle du petit Eliacin... Dès lors, grande rumeur dans le collége!... Est-ce donc un hypocrite que cet
enfant pauvre, fils de paysans dégradés
par la misère, et qui se fait si sage... en
apparence?... Des bruits malveillants circulent; de perfides soupçons sont répandus... On surveille le petit Pierre; on le
tient dans l'isolement; on lui fait endurer
mille avanies... Eliacin nie avec fermeté,
mais en niant il rougit. C'est lui le coupable! Les maîtres eux-mêmes, ébranlés par
les murmures des meilleurs élèves, ne savent plus que penser. C'en est fait du bonheur du pauvre enfant!

Sur ces entrefaites, un élève se plaint
de la disparition de sa bourse généralement bien garnie. Une nouvelle perquisi-
tion a lieu, en secret, dans le silence, et le
directeur trouve la bourse détournée en-
foncée sous des cahiers d'études, dans le
pupitre d'Henri, fermé à clef. C'est alors
presque une émeute dans l'établissement.
Henri est l'ami d'Eliacin : ces deux...

pauvres sont unis par l'horrible défaut
du vol. Il leur faut de l'argent, et ils le
dérobent... Une maison comme celle de
Pont-Levoy ne peut conserver des pick-
pocquets cachés parmi ses élèves...

La sourde agitation qui résulte de ces
événements fait de tels progrès que les
chefs de l'institution doivent se réunir en
conseil pour délibérer et prendre une dé-
cision relative aux deux misérables désormais perdus dans l'opinion de leurs camarades. On reconnaît qu'il est devenu fla-
grant que les deux fameux élèves, la
perle du collége jusque-là, Henri de Rochebrune et Eliacin, ou plutôt Pierre Baré, si
sournoisement modestes, si frauduleuse-
ment sages, ne sont que de vils tartufes,
affectant tous les dehors d'une conduite
exemplaire... pour mieux jouer leurs rôles
de... voleurs!... On fait comparaître les
deux suspects. Ils se renferment dans un
système de dénégation absolue, car ils ne
savent que dire pour leur défense. Mais
cette dénégation, faite avec l'orgueil de l'in-

nocence, sans larmes, sans soupirs, sans
honte, est une preuve de leur culpabilité.

Aussi la sentence est portée ; elle est
inexorable : Henri et Pierre seront expulsés du collége ! L'exécution devra se faire
le lendemain, par l'envoi adressé rapidement à leurs mères de venir au plus vite
reprendre leurs enfants...

IX

Non loin du bois de Laleu, dont nous
avons parlé, il est un splendide vallon qui
présente à l'œil du touriste une série de
sites des plus pittoresques. Une petite rivière s'amuse à barrer le passage au large
ruban de la route blanche qui le sillonne,
et son obstination mutine à se représenter
toujours fait que l'on est obligé de l'enjam-
ber sans fin sur tout un chapelet de ponts.
Rien de plus charmant que les paysages
offerts par ses rives. Ce sont des pentes
boisées continues, capitonnées de roches
abruptes qui dominent le feuillage de figu-
res fantastiques, et constellées ici et là de

hameaux, de plusieurs villas et de quelques châteaux. Au milieu de tout ce brio de nature, la rivière se joue à travers les saules, les peupliers et les aulnes, murmurant, cascadant, s'endormant en lac et se réveillant en rapides écumeux.

Parmi les castels on distingue celui de monsieur de la Taupinière, dont le domaine s'étend jusqu'à Chisseau, et dont relèvent la chaumière et la grange que nous avons vues incendiées par le météore. M. de la Taupinière, hobereau des plus superbes, a pour fils unique et pour héritier de ses grands biens, César-Gracchus de la Taupinière, non moins superbe que lui.

Or, ce César-Gracchus de la Taupinière est élève de Pont-Levoy

Presque tous les élèves du collége, témoins du malheur et de la ruine de la veuve Baré, lors de l'incendie de sa chaumière, ont été chauds partisans de l'adoption du petit Pierre pour leur *fils* et camarade au collége. Il y a eu de très-rares

exceptions. Parmi ces exceptions, nous
devons compter le César-Gracchus de la
Taupinière en question.

Je ne saurais dire avec quelle répugnan-
ce, ou plutôt avec quelle indignation le
fier César s'est vu donner pour camarade,
c'est-à-dire pour égal, au collége, le petit
paysan Pierre. On a eu beau décorer
Pierre du surnom d'Eliacin, pour lui Pierre
est le fils de la Baré, sa vassale, son hom-
me-lige à lui, César! Et ce Pierre a l'au-
dacieuse hardiesse de recevoir, à Pont-
Levoy, la même éducation que lui, les
mêmes enseignements, sur les mêmes
bancs, de la bouche des mêmes maîtres,
sous le même costume uniforme! Aussi
César déteste cordialement Eliacin, car,
pense-t-il, c'est le monde renversé!...

Jugez donc avec quelle volupté notre
gentilhomme en herbe se frotte les mains
de joie en voyant que le petit paysan
Pierre est chassé du collége et renvoyé à
ses moutons!...

Notez bien d'autre part que César de la

Taupinière est le plus piètre élève des
lycées des deux mondes. Sans intelligence, sans distinction aucune, abruti par
l'orgueil, confiant en lui-même à l'excès,
ce triste sujet que ses condisciples dédai-
gnent, met toute sa valeur à parler de sa
fortune, des splendeurs de sa maison, de
la vaisselle et des bijoux de sa famille, de
ses chevaux, de ses chiens, de ses ancê-
tres, des de la Taupinière!... En attendant,
il ne fait rien pour soutenir leur nom, car
paresseux sur toutes choses, il est toujours
le dernier de sa classe. A cette façon d'ê-
tre aussi a-t-il gagné le surnom très-signi-
ficatif de l'*Ecrevisse d'or.* Eh bien! voyez
jusqu'où l'orgueil conduit l'homme et l'a-
veugle : César ne dresse que mieux la tête,
en s'entendant ridiculiser par les affreuses
épithètes de *cancre,* etc., et il riposte avec
effronterie :

— C'est bon pour vous autres, ce fatras
de grec et de latin. Mais moi, César-Gracchus de la Taupinière, ai-je besoin d'un
pareil grimoire?...

Il a pris bien autrement en haine Henri
de Rochebrune, d'abord à cause de ses
succès et de son véritable mérite, mais encore surtout parce qu'il sait que les de
Rochebrune sont de haute et pure origine
nobiliaire. On sent en effet le gentilhomme de race dans Henri, et on voit briller
en lui les qualités généreuses d'une aris-
tocratie sans alliage. C'est ce qui irrite
davantage de la Taupinière. Aussi quel n'a
pas été son délire, son vertige de bonheur
quand le hasard lui a révélé que Henri est
pauvre, qu'il est ruiné par les fâcheuses
opérations de son père. Oh! alors, il jure
de le faire bafouer, outrager par ses condisciples, et il n'épargne rien dans ses
conspirations avec ses pareils pour com-
promettre et perdre le fils de Régina.

Donc Henri et Eliacin sont exclus du
collége de Pont-Levoy.

Mais le matin même du jour où les ter-
ribles lettres, écrites dès la veille, vont
être expédiées à madame de Rochebrune
et à la veuve Baré, les notes générales des

élèves du collége doivent être lues dans
la grande salle des exercices, en présence
de tous les élèves, du corps entier des
professeurs, du directeur et de l'inspecteur de l'Académie de Paris, alors en tour-
née.

Déjà l'assemblée est au complet, et le
directeur monte dans la tribune d'où sa
voix magistrale va distribuer l'éloge et le
blâme. Tout-à-coup un murmure étrange,
un bourdonnement sans nom se fait entendre dans la salle. Il semble qu'un courant
électrique galvanise tous ceux qui composent l'assistance, maîtres et disciples. Enfin, une formidable explosion de rires
éclate soudainement, sortant de toutes les
poitrines. Les plus graves professeurs, eux
aussi, s'abandonnent à une exhilarante
humeur qui met le chef de l'établissement
dans la plus fausse position.

Embarrassé, ne sachant que dire, tout
en dodelinant sa tête blanche avec un
tic nerveux des plus agaçants, il laisse
errer son regard vitreux sur la marée hu-

maine qui déferle à ses pieds. Enfin l'inspecteur, qui sans doute, tout en souriant lui-même, prend pitié de sa misérable situation, lui désigne du bras une immense pancarte appliquée sur l'un des panneaux de la boiserie qui lui fait face. Cette pancarte représente en couleurs très-naturelles un collégien en pied, debout, dans une attitude et une désinvolture très-connues, avec un port de tête hébété si bien compris, si parfaitement rendu, des yeux glauques si vrais, en un mot avec une physionomie niaise, expression sublime de bêtise orgueilleuse, que tout chacun de dire :

— César-Gracchus de la Taupinière !

En effet, dans l'ensemble du tableau, une morgue superbe broche sur cette bêtise humaine si admirablement portraitée, qu'il est impossible de ne pas reconnaître le de la Taupinière.

Un professeur initie l'inspecteur au secret de la scène, et lui montre l'original, en face de sa copie.

Lui-même, le stupide et méchant gen-

tillâtre, en reconnaissant son individu, dit
à l'un de ses voisins, avec un air de jubi-
lante satisfaction :

— Tiens ! mais c'est moi, César de la
Taupinière, qu'ils ont représenté là !

Il n'a pas encore lu, le nigaud, la légende qui accompagne le portrait, légende
inscrite dans un cartouche formé d'un
âne à droite, et d'une oie à gauche, laquelle légende est ainsi conçue :

« LA CONQUÊTE DES GAULES PAR CÉSAR !... »

Or, César-Gracchus de la Taupinière est
représenté au naturel, avons-nous dit.
Mais, comme accessoires, l'artiste lui a
mis dans chaque main une grande gaule
armée d'une ligne et de son hameçon.
Puis, à chacune de ces *gaules* qui cherchent fortune et *conquête*, sont accrochées,
à celle de droite une montre en or, avec
le nom d'Eliacin, et, à celle de gauche,
une bourse richement gonflée, avec le nom
de Henri.

L'allusion est évidente, personne ne
demande l'explication du rébus.

Seul, le directeur, dont l'esprit est immédiatement porté vers les commentaires de César, le conquérant des Gaules, et dont les yeux ont regardé d'abord la légende avant de voir le dessin, hésite un instant. Mais apercevant et reconnaissant enfin César, le pêcheur à la ligne, et les objets étiquetés dont ses gaules font la conquête, il prend un visage sévère et dit d'une voix forte :

— Que signifie cette caricature, Messieurs ?... Voilà une exécution faite à un pilori nouveau qui est toute à la gloire de celui qui l'a crayonnée, mais qui fait honte à celui qu'elle trahit, si véritablement il est coupable, comme ce croquis l'en accuse !... Car, que peut avoir de commun César de la Taupinière avec... les objets qu'il semble avoir pêchés à la ligne ?...

— Cela veut dire que c'est lui, César, qui les a... volés, monsieur le directeur... crie une voix sourde, arrivant dans la salle des exercices par une bouche de calorifère...

—La scène se complique, et de la comédie tourne à la tragédie... dit aux maîtres qui l'entourent l'inspecteur, d'autant plus émotionné qu'on a dû lui faire part du cas de Pierre Baré et d'Henri de Rochebrune.

Quant aux élèves, l'immense majorité rit sous cape, en voyant que le mot de l'énigme sera donné sans doute par le sylphe caché, et fera la justification des élèves qu'elle chérit.

— Qui donc répond aussi mystérieusement? demande le directeur, dont la sagacité ordinaire est en défaut, car il ne devine pas encore d'où lui vient la réponse à son interrogatoire.

— Un élève caché, un complice de César, mais un complice qui ne veut pas que des innocents... soient expulsés à la place des... vrais coupables...

— Voici qui devient très-grave... murmure l'inspecteur.

— Nous sommes en présence d'un mystère qui doit être éclairci sur l'heure... Qui êtes-vous?... reprend le directeur,

au milieu du silence et de l'étonnement
général.

— L'auteur du portrait de César... Un
nain connu ! répond la voix, en soulignant
les derniers mots.

— Précisément parce que vous êtes un
inconnu pour moi, je tiens à savoir votre
nom... Donc vous me le direz ailleurs...
Quant à vous, César de la Taupinière, que
répondez-vous à cette accusation présentée sous une forme très-originale, je l'a-
voue, mais qui n'en articule pas moins
votre culpabilité ?... continue le directeur,
satisfait d'être éclairé à temps sur cette
ténébreuse affaire.

César ne répond pas... Fier d'abord d'ê-
tre aussi bien portraité, il finit par comprendre enfin l'importance de la chose. La
gloire se convertit en ignominie. Aussi,
rouge de honte sous le regard des élèves
qui plonge sur lui, et effrayé du sourd
murmure qui commence à gronder, blê-
me, tremblant, confus, le gentillâtre se
lève gauchement à l'appel de son nom...

Il ouvre même la bouche, mais de cette bouche béante ne sort aucune parole.

— César de la Taupinière, ce dessin vous accuse énergiquement d'être le con-seiller peut-être, peut-être aussi l'auteur du vol d'une montre et d'une bourse, vol dont d'adroites suggestions ont chargé d'autres élèves que je m'abstiens de nom-mer, mais qui, grâces à Dieu! sont inno-cents... paraît-il... dit alors solennelle-ment le directeur. Nous étions au mo-ment de commettre une affreuse injustice, égarés que nous nous trouvions par les bruits criminels mis en circulation. Il est de notre devoir de nous assurer immédia-tement de la vérité, et il est de votre de-voir, à vous, de nous la dire, s'il vous reste encore quelque sentiment d'honneur. Les deux élèves en question doivent être ren-voyés dans leurs familles. Ne seraient-ils donc pas les coupables? Parlez!

César veut répondre; il remue ses lè-vres; elles ne font entendre qu'un son inarticulé.

— Ayez le courage de votre faute, César, si tant est que vous l'ayez commise. Si-non, protestez... dit encore le directeur.

— Eliacin... et... Henri... sont... inno-cents, Monsieur !... balbutie enfin de la Taupinière.

— Alors, c'est avouer que vous êtes le voleur, vous? continue le chef de l'éta-blissement. Achevez donc votre confes-sion : reconnaître votre... crime, c'est commencer à le réparer. Relevez-vous au-tant que possible dans l'esprit de tous ces juges qui vous entourent, car en cet ins-tant tous ces élèves sont vos juges, en di-sant ici dans quel but vous avez fait tom-ber des soupçons, que dis-je? une accusa-tion de larronnerie sur ces deux élèves, les plus sages précisément de notre col-lège?

— Par jalousie d'abord, puis par colère, et enfin par haine !... je tenais à les faire... chasser... ose répondre César.

— Chasser des innocents, et cela à cause même de leur sagesse et de leurs ta-

lents !... Et nous avons été sur le point de
consommer cette iniquité !... Je remercie
Dieu de nous avoir envoyé ses lumières...
Mais dès-lors la peine qui menaçait de
pauvres innocents, indignement calom-
niés, à la veille de perdre leur unique res-
source, l'Honneur ! doit retomber sur le
coupable !... Me comprenez-vous ?... s'é-
crie le directeur avec feu.

César se tait, baisse la tête, rougit encore et verse des larmes.

X

Après cet aveu du coupable, ami lecteur,
vous voudriez connaître sans doute la
scène qui se passe dans la grande salle
des exercices du collége de Pont-Levoy.

Henri de Rochebrune et Eliacin sont
portés en triomphe. Leurs camarades les
rendent héros d'une ovation chaleureuse.
C'est à qui les embrassera, leur serrera
les mains, des maîtres et des élèves. Vainement ils se défendent de toute félicita-

tion, en disant qu'ils n'ont pas à se glorifier d'avoir été fidèles à l'honneur et au devoir que trace la conscience; pendant la récréation qui suit la séance mémorable de leur réahilitation, les étudiants des classes supérieures et des divisions de second ordre les complimentent, et par mille témoignages d'estime et d'affection, par cent protestations d'éternelle amitié, semblent vouloir effacer la honte de la suspicion dont ils ont été l'objet.

Mais l'enthousiasme de nos collégiens s'accroît bien davantage encore quand l'inspecteur leur apprend que l'excellent Henri et le charmant Éliacin sont venus, dans l'ombre et le silence, en cachette tout-à-fait, solliciter la grâce de César de la Taupinière, et... par les instances les plus pressantes, l'ont... obtenue, comme témoignage de profonde satisfaction à leur égard.

Toutefois César ne reste pas au collége. Sa fausse position le met trop à la gêne, et il obtient bientôt de son père d'être en-

voyé dans une obscure institution de petite ville de province, où il pourra lever la
tête et se proclamer un de la Taupinière!

Quant au mystérieux artiste du croquis
révélateur du crime, à l'habile orateur
faisant entendre sa voix à travers les bou-
ches du calorifère, il a su si bien dissimu-
ler toute trace de sa ruse, que jamais son
nom n'arriva à la publicité.

Après ce drame du collège de Pont-Levoy, les études y reprennent de plus belle,
et notre Henri déploie tant de courage au
travail que, chaque jour, on peut annoncer à son heureuse mère les plus brillants
succès.

Notre aimable Tourangelle d'Amboise,
Régina de Rochebrune, qui n'a rien su de
la cruelle aventure de son fils, à la prière
d'Henri lui fait bientôt une surprise si
précieuse pour son cœur d'enfant, que le
brave élève se sent chauffé à blanc et voudrait n'interrompre ses études ni jour ni
nuit. Elle a envoyé à son fils bien-aimé,
parfaitement casée dans une jolie boîte à

secret et magnifiquement encadrée, sa
photographie, une de ses photographies
si admirablement réussie, que désormais
l'enfant peut voir sa mère à toute heure,
la contempler à l'aise et dire en toute vérité que madame de Rochebrune habite
avec lui le collége.

A cette vue, Henri est devenu fou de
joie, dans son for intérieur, et il a baisé
dix mille fois ces traits chéris. Aussi écrit-
il à sa mère des extravagances d'amour
qui témoignent du bonheur dont elle a
inondé son âme...

De son côté, Fernande, notre jolie Fernande de Rochebrune, dans son institution Darcelle, à Tours, s'est appliquée de
telle sorte que ses progrès font l'orgueil et
la joie de ses maîtresses, en extase devant
son zèle et ses excellentes qualités.

Comme à Henri, un coffret mystérieux,
mystérieusement arrivé, mystérieusement
ouvert, lui a mis subitement sous les yeux
les nobles traits, la charmante figure de
sa mère. Elle a pu lire et savourer son

amour maternel jaillissant de son regard,
glissant de ses lèvres, s'échappant de son
sourire, et, ivre de bonheur, elle a placé
cette fois son idole, une idole vraie, sur
l'autel du petit sanctuaire que vous savez.

Fernande a été l'héroïne de délicieuses
petites histoires qui ont fait bruit dans
l'intérieur de la pension, et en ont même
franchi le seuil ; mais les raconter ici me
conduirait si loin, que je n'ose en commencer le récit...

XI

Le bienheureux 10 août vient de sonner
aux timbres de toutes les horloges de
France et de Navarre.

Aussitôt les tambours des lycées, des
colléges et des institutions d'étudiants,
les cloches de toutes les pensions, de tous
les couvents, de toutes les écoles de jeunes filles, proclament la venue des vacances, et à cette formidable explosion, à

cette marée montante, à cette trombe beu-
glante, à ce tintamarre, si longtemps attendu, colléges, prytanées, écoles, inter-
nats, externats, officines et laboratoires,
ouvroirs et asiles de toutes sortes ouvrent
leurs écluses.

Aussi quel remue-ménage à Paris, à
Tours, à Pont-Levoy, enfin dans toute la
France! Voyez comme le remous de la
foule devient plus fort, et comme les rues
se remplissent de tous ces affluents qui
leur versent des flots d'élèves des deux
sexes maigris, étiolés, hâves et jaunis par
dix mois de... captivité. J'allais dire par
dix mois de travail! Nenni. Je me retiens,
j'arrête ma plume qui se crispe d'horreur
au mot : Travail! par sympathie pour ces
pauvres martyrs.

Non, certes! tous n'ont pas travaillé,
tant s'en faut! Les cinq sixièmes de ces
élèves n'ont eu le derrière collé sur les
bancs que... pour la forme. Ils étaient con-
damnés par leurs parents à un séjour au
collége ou à la pension, et ils ont dû exé-

cuter la sentence. Mais s'ils ont eu quelque mérite dans le lieu de leur réclusion,
les réfectoires seuls, et les salles de récréation encore, en ont été les témoins...
Quant aux classes, aux salles d'étude, ils
n'y ont eu d'occupation réelle que de
lustrer les tables sous leurs coudes, de dé-
lustrer leurs culottes sur les bancs, et d'il-
lustrer leurs livres et leurs cahiers de rébus et de potences à l'adresse des professeurs, choses fort en usage parmi les paresseux. Hélas! dans l'avenir, à un temps
donné, que de *fruits secs!* c'est le nom
qu'on applique aux élèves lorsqu'ils n'arrivent pas au succès dans leurs examens,
soit pour les baccalauréats, soit pour les
écoles du gouvernement. Mais ils l'ont bien
voulu, ces tristes étudiants; et s'il leur
devient impossible de se frayer un chemin
vers une carrière quelconque, à qui la
faute?

Toutefois, avant que ce déluge de
lycéens, de collégiens, de pensionnaires ne
couvre le sol de France de leurs vagues

mouvantes, luit d'abord un beau jour, un
jour solennel et saint, le jour du triomphe
pour l'élève laborieux; mais aussi appa-
raissent les fourches caudines, l'escalier
des gémonies, l'heure de la honte et de la
confusion pour l'indolent; en un mot, se
présente la distribution des prix, théâtre
de gloire ou pilori d'ignominie.

A Pont-Levoy, ce n'est pas dans la grande salle des exercices que les prix sont remis aux élèves. La nature y est trop riche
et trop belle, le sol trop pittoresque et trop
accidenté, le soleil trop brillant et l'azur
du ciel trop pur pour ne pas les mettre
de la fête et se renfermer à pareil jour entre des murs ternes et gris. C'est dans le
parc même du collège, dans la clairière la
plus fraîche, que l'on dispose une estrade
dont l'ornementation s'allie de style avec
l'aspect romantique du site champêtre que
l'on choisit. En face de l'estrade que couvre un immense tapis semé de fleurs, sur
laquelle s'étagent des siéges d'or et de
pourpre, que décore surtout une très-lon-

gue table richement drapée, chargée des
récompenses destinées aux travailleurs et
couronnée à une grande hauteur d'un
velum de soie bleue frangée d'argent que
lutine la brise; en face de cette estrade,
dis-je, on a dressé des gradins circulaires
que devront occuper les nombreux élèves.
Au centre, on voit debout les pupitres, et
épars ici et là les instruments de l'orchestre. Enfin, entre l'estrade et les gradins,
à droite et à gauche, sont établies avec un
goût parfait d'élégantes tribunes destinées
aux familles, et dont les draperies voltigent
au vent et se marient d'une façon charmante avec les feuillages et les ramures
des arbres séculaires du parc. Dans tout le
pourtour, des écussons finement peints et
appliqués aux troncs des chênes, des hê-
tres et des frênes, célèbrent par leurs de-
vises le travail, le succès, les triomphes et
la gloire des travailleurs.

C'est à dix heures du matin, le moment
le plus propice du jour, et afin de permet-
tre aux familles de regagner leurs foyers

le soir même, qu'a lieu la solennité. Dès huit heures, les équipages, berlines, carrosses, calèches, véhicules de toute sorte, arrivent par la grande avenue du parc, amenant pères, mères, frères, sœurs, amis des élèves, tous ceux qui s'intéressent à leurs études et désirent en connaître les résultats. Rien de plus mouvementé que ce défilé de landaus, d'américaines, de victorias, de berlingots tourangeaux, voire même de classiques chars-à-bancs, d'où descendent les dames en toilettes éblouissantes, les jeunes filles en atours de délicieuse fraîcheur, et tous les parents dont les fronts respirent la bonne humeur et la joie.

Car la distribution des prix, après toute une année, une longue année de travail, pendant laquelle on a suivi avec anxiété les progrès et les efforts des enfants, c'est la fête des pères, c'est la fête des mères, c'est la fête des familles ! Qui ne conserve au fond de son cœur une espérance secrète pour son fils et sa fille, en ce jour

d'émotions vibrantes où les ovations réservées à l'enfance sont déguisées même
sous le nom d'encouragements?...

Déjà la brillante estrade est émaillée de
magistrats, de membres du barreau, du
clergé, d'artistes, de gens de lettres et
d'hommes de tous les rangs et de toutes
les hiérarchies. Déjà les tribunes sont con-
verties en un vaste amphithéâtre de fleurs
humaines, ce sont les mères des élèves,
mélangées ici et là de visages sévères, ce
sont les pères. Tous les élèves sont assis
sur leurs gradins. Comme leurs yeux se
dirigent souvent sur les pyramides de livres qui sont placées au centre de l'espace! Comme leurs cœurs battent à la pensée d'être couronnés en présence de leurs
mères et de leurs sœurs! Comme leurs
poitrines se gonflent quand ils songent
que leurs noms vont être publiés aux oreilles de cette foule empanachée, devant ces
hommes en habits noirs que décorent les
insignes de l'honneur et de la vaillance!

Enfin l'orchestre fait entendre une ou-

verture mélodieuse dont l'effet est d'autant
plus ravissant que, sous les volutes des
grands arbres, en plein air, les échos du
bois redisent ces joyeux accords, et que
les brises portent au loin ces trombes d'harmonie qui dominent toutes les rumeurs des
champs.

Pendant ce prélude du triomphe, les
jeunes étudiants cherchent à découvrir
dans l'immense mosaïque animée de tous
ces visages amis, qui s'étalent sous les
courtines des tribunes, leurs parents et
leurs amis. Les découvrent-ils? aussitôt
que les regards se rencontrent, les têtes
jubilent et des rayons de tendre affection
s'entrecroisent sans fin.

Mais parmi eux, celui dont le cœur est
le plus ardent, l'âme plus anxieuse, le
cœur plus palpitant, c'est assurément notre Henri de Rochebrune... Hélas! il est
trompé dans son attente! Vainement son
œil a sondé toutes les profondeurs, plongé
dans tous angles, examiné toutes les sur-
faces, nulle part il ne voit sa mère, sa

reine, cette mère si impatiemment attendue!

La musique termine à peine la fanfare
qui a suivi le discours prononcé par le
même inspecteur que nous avons vu sié-
ger dans la grande salle des exercices,
lors de la terrible aventure qui menaçait
nos deux héros, lorsque le directeur annonce que le prix de sagesse a été décerné
par le suffrage de tous les élèves réunis
aux deux étudiants Henri de Rochebrune
et Pierre Baré, surnommé Eliacin.

Ces deux noms son ...core sur les lè-
vres de celui qui les prononce, que déjà
les huit cents mains des élèves de toutes
les classes applaudissent à outrance, et
avec un tel entrain que l'orchestre est réduit à l'impuissance d'entamer son hymne
triomphal.

A l'appel de leurs noms, nos deux enfants, qui sont voisins l'un de l'autre, se
lèvent sans trop d'empressement, et modestes dans leur allure, montent sur l'estrade et vont s'incliner devant le prési-

dentde la fête. Mais alors nul no s'occupe
do placer les couronnes sur leurs fronts et
do leur remettro les ouvrages splendides
qui leur sont réservés commo prix do leur
mérito...

Quel n'est pas l'étonnement do nos deux
lauréats, lorsquo, tout-à-coup, voici venir
à eux leurs mères, l'humblo veuve Baró
en simplo mais très-propro déshabillé do
province, et madamo do Rochebrune en
toilotte sévèro du meilleur goût, suivio de
sa chère Fernande!... C'est lo directeur
lui-même qui est allé chercher, et qui
amène les deux femmes et la jeuno fillo,
pour occuper au premier rang do l'estrado
trois places réservées jusque-là...

Emus, tremblants, nos deux héros,
sans nul souci do l'assistance, so jettent
dans les bras do cellos qui leur ont donné lo jour, et qu'ils vont enivrer do bonheur...

— Par uno exception qui proclamo hau-
tement la grando estimo quo nous faisons
de ces élèves, dit aussitôt le directeur

d'une voix sonore et empreinte d'une affection paternelle, nous avons voulu qu'ils
fussent couronnés par leurs mères. L'honneur des enfants rejaillit ainsi sur les parents... Veuillez donc, madame de Rochebrune, remettre vous-même cette couronne et ce prix à votre cher fils, dont la con
duite vous présage un heureux avenir;
et vous, notre bonne voisine, offrez la même récompense à votre petit Eliacin, votre bien-aimé Pierre Baré. A lui aussi vous
devrez la gloire et la félicité de vos vieux
jours... Jamais encore nous n'avons trouvé
dans aucun élève plus d'application, plus
de persévérance et de zèle à bien faire, et
partant plus de succès remarquables, que
dans ces deux excellents sujets...

Un puissant, un formidable hourra de
clameurs enthousiastes couvre ces derniè-
res paroles, et c'est au bruit de ce ton
nerre de bravos de leurs condisciples s'é-
criant : Vive Eliacin!... vive Henri de Ro
chebrune!... et aux accords d'une musique joyeuse, que nos deux amis sont cou-

ronnés par leurs mères chéries, une grande dame et une simple paysanne tourangelle, toutes deux pauvres, mais toutes deux bien heureuses de posséder de tels fils!

Qu'importe la pauvreté?... Plus on s'élève au-dessus de sa misère par sa noble conduite et ses généreux sentiments, plus on monte dans l'opinion des hommes...

Disons de suite, pour en finir, que dans le cours de cette distribution des prix, dix fois les noms de nos chers lauréats sont proclamés dans toutes les facultés, et dix fois prix et couronnes leur sont remis tantôt par l'archevêque de Tours, présent à la cérémonie, tantôt par le général qui commande le département de Loir-et-Cher, tantôt par l'inspecteur délégué de l'Académie de Paris. Tous leur adressent les paroles les plus encourageantes et les pronostics les plus favorables. Néanmoins, malgré l'honneur dont ils sont l'objet, et l'enthousiasme sympathique de leurs ca-

marades, Henri et Eliacin restent humbles
et modestes. Aussi obtiennent-ils des regards noblement envieux de toutes ces
familles...

Pour eux, du reste, la véritable récompense qu'ils reçoivent leur vient du bonheur ineffable qui rayonne dans les yeux
de Régina de Rochebrune et de la brave
mère Baré...

Quel doux espoir pour l'avenir, après
un pareil début!

Ai-je besoin de dire que déjà, la veille,
dans son institution de Tours, la gracieuse
Fernande, après avoir obtenu son premier diplôme dans un brillant examen, a
fait aussi une ample moisson de récompenses et d'éloges?

— C'est à Amboise, dans notre cottage,
cher petit Eliacin, que tu vas venir passer
tes vacances, avec notre Henri... dit madame de Rochebrune au petit Pierre. Oh!
ne t'en défends pas! ta mère y consent,
et d'ailleurs elle aussi vient avec nous passer cet heureux temps en famille, c'est

convenu. Nous allons partir, voici la voiture qui vient nous prendre...

— Que tu me récompenses généreusement, mère, et que tu as bien lu dans mon cœur!... s'écrie Henri. Entre toi et ma Fernande, avec Eliacin et nos amis du cottage, que je vais donc être heureux!

CONCLUSION.

C'en est fait, les portes du collége sont ouvertes à deux battants. On peut entrer et sortir, rien n'arrête plus nos jeunes étudiants de tous les âges. Le farouche cerbère qui garde les barrières s'humanise même au point de laisser voir un sourire. Les murailles, d'ordinaire grises et ternes, du vieil établissement, se voilent sous des guirlandes pour fêter le départ. Un tapage sans nom s'échappe de l'antre dont la Science déserte pour un temps le trépied.

Et l'on s'en va, joyeux, avec de splendides horizons en perspective, l'horizon des vacances !...

Vacances ! Oh ! pour en jouir, il faut les avoir méritées ! Tel fut le lot d'Henri et d'Eliacin.

Dans les années qui suivirent, nos deux jeunes amis continuèrent à parcourir à pas de géants la carrière des études. N'avaient-ils pas pour but de faire le bonheur de leurs familles? Avec un semblable stimulant, de nobles cœurs opèrent des prodiges.

Vous ne serez donc pas surpris d'apprendre que Pierre Baré, adopté bientôt par le ministre de l'instruction publique à raison de ses rares dispositions, et après avoir été le plus brillant élève de l'École Normale, occupe maintenant la chaire de rhétorique dans le lycée de l'une de nos premières villes de France.

Quant à Henri de Rochebrune, sorti le premier de l'École Polytechnique, il pouvait devenir de prime-saut officier du génie militaire, car il avait droit à ce titre. Mais alors que seraient devenus, pour lui, et sa mère, et sa sœur, et son cottage d'Amboise?... Il a préféré accepter la direction de l'une des plus fameuses usines des bords de la Loire, qui lui fut offerte par le gouvernement. Là, dame Fortune l'enrichit de ses dons, et, après Dieu, Régina de Rochebrune et la très-aimable Fernande sont à jamais l'objet de son culte, dans le cottage même, où ils résident tous et sont tous heureux.

FIN.

Limoges. — Imp. EUGÈNE ARDANT et Cⁱᵉ

www.ingramcontent.com/pod-product-compliance
Lightning Source LLC
Chambersburg PA
CBHW070744280626
47162CB00017B/2340